Le vol des bisous

Simone Schmitzberger
Corinne Baret-Idatte

Père Castor
Flammarion

1. Y'a des bisous qui se perdent

Avant de partir,
Maman m'a promis
qu'elle cacherait des bisous
sous mon oreiller. Le soir venu,
je n'aurai qu'à fermer les yeux,
ils se poseront sur moi.
Ce sera comme si elle était là
pour me dire bonne nuit.

Mais le soir est là
et je n'arrive pas
à fermer les yeux.
Mon oreiller est froid.
On dirait qu'il a l'odeur
du jardin.

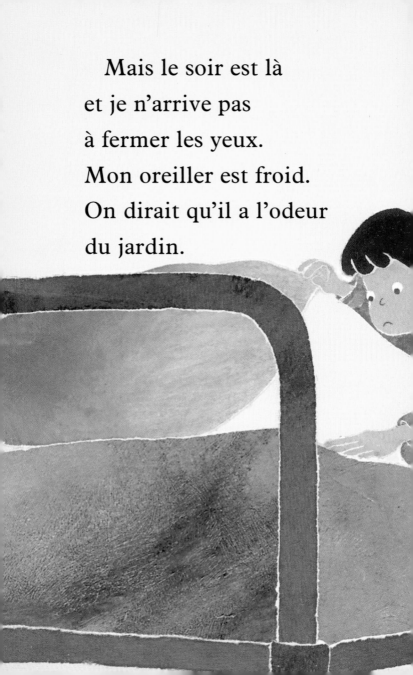

Il sent la glycine, je crois.

Je le soulève

et qu'est-ce que je vois ?

Rien ! Il n'y a rien dessous,

rien, pas le moindre baiser,

pas le plus petit bisou !

J'appelle :

– Maman !

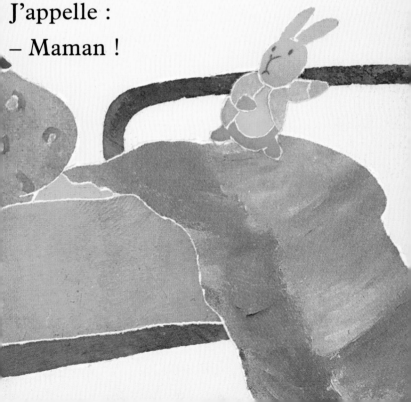

Mais Maman est partie.
C'est Claire qui vient,
comme chaque fois que Maman
s'en va pour son travail.
Je demande à Claire
qui a fait mon lit aujourd'hui.

  Elle dit que c'est elle,
que j'ai de la chance,
qu'elle a mis les draps au soleil
sur le rebord de la fenêtre,
comme Maman le lui a demandé.

– Et l'oreiller ?

– L'oreiller, eh bien,

je l'ai secoué, secoué, secoué…

et figure-toi

qu'il est même tombé.

Je suis allée le rechercher, en bas

il était sous la glycine.

Je n'avais plus envie de sourire.
– Alors,
je ne les retrouverai jamais !
    Et j'ai réclamé :
– Mes baisers, mes bisous !
C'est toi qui les as fait tomber !
Maman m'avait juré
qu'elle en mettrait une provision
sous mon oreiller
avant de s'en aller !

– Oh, c'est pas la peine
de faire une histoire
pour quelques bisous
de rien du tout
qui se sont envolés
quand je secouais ton oreiller.
D'ailleurs, ils étaient pleins
de poussière et puis, tu en reçois
à longueur de journée !

– Non, Claire, tu as oublié
que Maman vient de s'en aller !
Et c'étaient des bisous
qui tiennent longtemps !

Mon frère, qui faisait
semblant de dormir, a ricané :
– Hi, hi, c'est moi qui les ai !
J'ai bondi :
– Voleur, rends-les moi !

Mais il a appuyé
de toutes ses forces
sur son oreiller.
– Arrête, tu vas les écraser !

Je me suis recouchée,
désespérée.
Pour me consoler,
Claire m'en a donné un à elle.
Je l'ai glissé
sous mon oreiller froid.

– Si vous arrêtez de vous disputer,
je t'en donnerai trois autres !
Je n'ai plus rien dit,
surtout que mon frère dormait déjà.
C'était sûr, lui,
il avait les bons bisous.

Claire m'en a redonné
trois autres, comme promis,
mais ils n'avaient pas le goût
de ceux de ma maman.
Alors j'ai pleuré parce que
je n'arrivais pas à m'endormir.

Mon frère ronflait.
Je me suis approchée de son lit,
j'ai passé ma main
sous son oreiller
et j'ai repris mes bisous.

C'étaient les vrais.

Ils étaient doux et chauds.

Je les ai déposés sous mon oreill

et je me suis vite endormie.

2. Un bisou de perdu...

Au réveil, mon frère hurlait.
Claire est arrivée
pour voir ce qui se passait.
Entre deux sanglots,
il a expliqué que je lui avais repris
les bisous pendant qu'il dormait.

– Quels bisous ? a dit Claire,
qui ne se souvenait déjà plus
de notre dispute.

– Les miens !

J'avais crié en même temps
que mon frère. Il était debout,
près de mon lit, et commençait
à tirer sur mon oreiller.

– Voyons, a dit Claire,
combien y en a-t-il ?

J'ai compté tout haut :
– Tu m'en as donné trois
hier soir, tu m'en avais déjà
donné un avant et il y a
la provision de Maman.
Ça fait bien un millier
de bisous. C'est ce qu'elle dit
sur les cartes et au téléphone,
quand elle est en voyage…
Un millier !
Mais c'est ma provision à moi !
C'est moi qui ai eu l'idée !

– Partagez-les ! a dit Claire.
Cela fera cinq cents chacun !
C'est énorme !

J'ai eu beau ronchonner,
il a fallu que je donne
la moitié du millier à mon frère.

J'ai trouvé que les bisous
qui me restaient
ne sentaient plus grand-chose.
À cause de mon frère
qui les avait trop écrasés.
Furieuse, j'ai écrit à Maman
pour tout lui raconter.
Claire a faxé la lettre.

Maman a répondu aussitôt
en annonçant une surprise
pour le courrier du lendemain,
quelque chose
qu'elle ne pouvait pas
envoyer par fax.

3. Bisous bleus bisous roses

Au matin,
on a guetté le facteur
après le petit déjeuner.
Il y avait une grande enveloppe.
Elle était bourrée
de confettis bleus et roses.

Sur chacun, expliquait Maman,
il y a un bisou.
Elle avait aussi précisé :
« Les bleus pour Capucine
et les roses pour Benjamin. »
Ils sentaient tous
le parfum de Maman.
Elle avait écrit que c'étaient
les plus jolis qu'on trouvait ici.
(Ici, c'est là-bas
où elle est partie.)

J'ai mis mes bisous de papier
sous mon oreiller,
Benjamin a fait pareil.
Mais peu après, il a voulu
les miens en disant que les rose:
c'était pour les filles,
que Maman ou le marchand
avaient dû se tromper.

Claire, qui étudiait
dans la chambre à côté,
est accourue pour nous calmer.

Quand elle a ouvert la porte,
la fenêtre s'est refermée
avec le rideau coincé dedans.
Dans le courant d'air,
nos bisous se sont mélangés !
– C'est très bien ainsi,
a-t-elle dit. Vous allez en prendr
autant chacun !

Elle a compté nos bisous.
Cela a pris beaucoup de temps,
mais on ne voulait pas
qu'elle arrête.
On en avait deux cent cinquante
bleus et autant de roses…

Mais il en restait un,
qu'on n'avait pas compté.
Un qu'on retrouva le lendemain
sous la glycine.
Un bleu.
Benjamin disait
que c'était pour lui.

– Coupons-le en deux !
cria Claire qui en avait assez
de notre guerre des bisous.
– Couper un baiser de Maman,
jamais !
La bataille a repris.

À ce moment-là,
on a entendu la sonnette :
trois petits coups et un grand.
Le signal de Papa !
On s'est jetés dans ses bras.
Il n'était pas rasé
et ça piquait comme un rosier,
mais c'était tout de même
meilleur que des bisous de papie
Surtout que les bisous de Papa
sont rares.
Il n'habite pas avec nous
et il est toujours en voyage.

– Tu ne travailles pas, Papa ?
– Mais vous ne savez donc pas
que c'est samedi aujourd'hui
et que j'ai promis
de vous emmener au restaurant
et au spectacle de clowns après ?

On avait complètement oublié.
Claire aussi, et même Maman,
je suis sûre.

Pendant qu'on se préparait,
Claire a raconté à Papa
qu'on avait bien mangé,
qu'on ne manquait de rien…
si ce n'est de bisous.
Elle lui a expliqué qu'on faisait
des calculs compliqués
et qu'on n'en avait jamais assez.
Elle a ajouté qu'elle avait la tête
qui allait exploser
à cause de nos histoires.

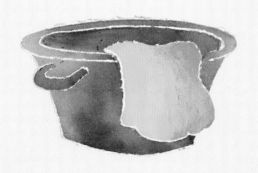

Alors Papa a dit
que Claire avait bien besoin
de partir en week-end
et qu'il allait nous aider
à recompter. Il resterait
jusqu'au retour de Maman.

Ouais ! On en était
à combien de bisous déjà ?

Autres titres
de la collection

Rentrée sur l'île Vanille

Aujourd'hui, c'est le premier jour d'éco
de Vaïmiti. Chacun l'encourage,
mais elle ne veut rien entendre…

Un défi du tonnerre

Julie doit prouver à cette peste de Lisa
que la maman la plus géniale de la terre
c'est bien la sienne !

Le manteau du Père Noël

Le Père Noël doit avoir bien froid :
Simon vient de trouver dans la neige
son manteau tout râpé.

L'arbre à grands-pères

Un arbre généalogique ? Ousmane n'en
a jamais vu. Et, accrocher son grand-pè
à un arbre, il n'en est pas question…

J'aime trop les chapeaux

Un chapeau sur la tête…
C'est tellement plus rigolo !
Mais, le plus difficile, c'est de le garder